Mon ami malgré tout

Saison 1

Auteur

Abdoul Kanate est né le 24 décembre 1999 à Daloa-Côte d'Ivoire. Il est issu d'une famille pauvre, et il a perdu son père juste après sa naissance.

Abdoul a été confronté à des événements qui ont marqué sa vie, puis il est parti se réfugier en France pour trouver sa liberté.

En novembre 2019, il publie son premier roman intitulé <u>Libre ou mourir</u>, dans lequel il raconte son histoire et ses parcours douloureux. Depuis ce jour, il est devenu un passionné d'écriture.

Titulaire de son baccalauréat dans le domaine de l'électricité. Il envisage de continuer ses études à long terme.

Abdoul est aussi un passionné de football.

Une histoire extraordinaire

Je me présente, Bénito, connu sous le nom de «Ben», originaire de la Côte d'Ivoire. Je suis issu d'une famille très pauvre, dont je suis l'aîné. Je ne fais vraiment pas partie des personnes saines de ce monde, je dirais plutôt le contraire, car oui, je suis un vrai "connard", un mec envieux et jaloux. Mais je possède néanmoins une qualité: celle de tout faire pour aider ma famille à sortir de la pauvreté. Pour cela, je suis prêt à tout.

C'est un honneur de partager mon histoire avec vous.

Suivez moi...

1

La trahison

Commencez par prendre une place, surtout la plus confortable, car cette histoire sera pour vous une véritable merveille. C'est mon histoire, c'est mon passé, et je suis honoré de le partager avec vous.

Âgé de 18 ans, originaire de la Côte d'Ivoire, né à Abobo (l'une des communes les plus populaires d'Abidjan, mais aussi la plus malsaine de la capitale ivoirienne). C'est là que j'ai grandi et c'est de là que tout a commencé.

Comme vous le savez, je suis issu d'une famille pauvre, une famille qui se bat chaque jour pour pouvoir survivre. Moi, je suis l'aîné de cette famille et il est de mon devoir de l'aider à se relever. Pour cela, je ferai n'importe quoi, je ferai tout ce qui est de mon pouvoir afin de mettre fin aux cauchemars que vivent les miens.

J'avais un ami, mon meilleur ami, appelé Stéphane. Celui-ci était mon confident, celui avec qui, je faisais tout.

Nous avons grandi ensemble et on était dans la même classe, de la maternelle au Lycée.

Stéphane est issu d'une famille très riche. Son père travaille au gouvernement et sa mère est commerçante dans l'import-export au niveau international. J'étais son meilleur ami (même si nous n'avions pas les mêmes rangs sociaux), il m'accordait une grande confiance. Aussi, on se ressemblait comme deux gouttes d'eau, on aurait dit des frères. Sauf qu'il était le fils unique de ses parents.

Pour tout vous dire, j'étais jaloux de mon ami, il avait tout ce qu'il voulait et moi je n'avais rien; il avait tout pour réussir sa vie, et moi j'attendais impatiemment que la chance me sourit un jour.

J'avais honte de ma situation, honte de ma vie et parfois, honte de ma famille.

Il était tellement gentil avec moi, il me donnait des coups de main, et il m'a aussi présenté à ses parents comme étant son meilleur ami.

Moi en revanche, je profitais juste de son statut, de la richesse de ses parents pour pouvoir vivre. Je n'étais pas vraiment sincère dans notre amitié.

Au Lycée, j'étais amoureux d'une fille appelée Ramatou, nous étions dans la

*même classe, aussi avec mon ami
Stéphane. Je lui déclarai donc ma
flamme, malheureusement elle refusa de
sortir avec moi.*

*Je ne sais pas si mon ami était au
courant que j'aimais la jeune fille (étant
donné que je ne l'avais pas dit), mais il
voulait lui aussi sortir avec elle,
heureusement pour lui, elle accepta ses
avances. C'est compréhensible vu son
rang social, je ne pense pas qu'une fille
aurait pu le refuser. Je me disais "oui,
c'est logique", mais en même temps
j'avais mal, et même très mal de les voir
ensemble.*

*Tous ces événements me poussaient à
être jaloux de mon ami, mais j'avais
préféré ne rien lui dire. Je prenais mon
mal en patience. Et quand je rentrais*

chez moi, je pleurais. Je pleurais parce que j'étais en colère contre mes parents, je leur reprochais d'être fainéants car c'était de leur faute si j'enviais les autres. Je leur disais: "où étiez-vous quand les parents des autres devenaient riches?" Après je comprenais, car nous ne pouvons pas tous être au même niveau de la vie. Quoi qu'il arrive, certaines personnes auront plus de privilèges que d'autres.

J'avais tout fait pour séparer mon ami et sa copine Ramatou car je ne supportais pas de les voir ensemble. Je savais que j'avais fait une bêtise, mais après, mon ami me pardonna. En même temps, je ne comprenais pas pourquoi il était gentil avec moi, pourquoi il voulait que je sois encore son ami après les mensonges que j'avais pu dire dans son dos.

Stéphane, c'est ce genre d'ami que tout le monde cherche dans sa vie, mais je n'avais pas encore conscience de son importance.

En fin d'année scolaire, en classe de première, les parents de Stéphane décidèrent d'envoyer leur fils en Europe passer les vacances. Une situation qui me marquera profondément. Encore une fois, je l'enviais, je voulais être à sa place, je ne supportais pas qu'il ait ces privilèges. Il y avait quand même une partie de moi qui était content pour lui.

Avant son départ, Stéphane m'acheta un téléphone «Apple iPhone» pour que nous puissions parler de temps en temps via les réseaux sociaux (Facebook, Messenger, WhatsApp etc). C'était la première fois que j'avais un «iPhone».

Je ne croyais pas qu'il puisse m'offrir ce type de cadeau, j'étais très content.

Une fois en Europe, il prit des photos et vidéos de ses activités:shopping, cinéma, voyage entre les pays de l'Europe comme la France, l'Allemagne, la Belgique et l'Angleterre, pour me les transmettre. Il me montrait la beauté de l'Europe. Tout ceci me rendait jaloux car j'avais envie d'être à sa place.

Il passa ses deux mois de vacances, et revint en Côte d'Ivoire vers la rentrée scolaire pour entrer en classe de terminale.

A son retour, il m'envoya plein de cadeaux: des vêtements, chaussures, parfums et même un nouveau téléphone.

Alors, je lui posai la question qui me brûlait les lèvres:

"Mon pote, pourquoi? Mais pourquoi tu fais tout ça?

—Tout simplement parce que je te considère comme mon frère, et non mon ami. En plus, tu vois les gens pensent qu'on se ressemble, donc tu es mon frère.

—Ce n'est pas une excuse Steph, il y a beaucoup de personnes comme moi dehors, alors pourquoi moi? Pourtant, tu sais très bien qu'on ne devrait pas être amis. Regarde autour de toi, tu as tout ce que tu veux, tes parents sont riches, alors que moi c'est tout le contraire.

—Certes, mes parents sont riches et non les tiens, mais cela n'exclut pas qu'on puisse être ami. En plus de cela, nous avons grandi ensemble Ben, on est copains depuis tout petit et nous avons toujours été voisins de la maternelle

jusqu'à aujourd'hui, bientôt en terminale! Donc oui, c'est toi mon pote, je m'en fiche que tes parents soient pauvre ou pas, moi ce qui compte, c'est ton amitié car je te fais entièrement confiance. S'il te plaît, j'aimerais qu'on arrête cette discussion. Prends tes affaires et ne me remercie pas."

J'étais tellement ému après notre conversation. Je n'ai jamais vu quelqu'un d'aussi extraordinaire de toute ma vie. Stéphane était l'ami parfait.

A la rentrée scolaire, en terminale, nous étions toujours ensemble, comme d'habitude «des voisins».

Il arriva un moment où je ne l'enviais plus, je commençais à être sincère dans l'amitié que je lui témoignais.

Bon, malgré cela, je profitais de sa richesse pour aider mes parents dans le besoin.

Un jour, Stéphane demanda à sa maman si je pouvais vivre avec eux à la maison pendant l'année scolaire afin qu'il puisse avoir de la compagnie.

"Maman, j'ai un service à te demander, je souhaite que Bénito vienne vivre avec nous car je m'ennuie parfois. En plus c'est mon meilleur ami et tu le sais.

—Quoi? Venir à la maison? Bénito? Je
ne sais pas quoi te répondre, demande à
ton père.

—Mais maman, tu sais bien qu'il est
gentil, tu le connais depuis notre
enfance. En plus, c'est juste pour finir
les études ici, étant donné que le lycée
est loin de chez lui, et qu'il y va à pied.
Je l'ai vu aujourd'hui quand on était
dans la voiture, ses pieds étaient tout en
poussière et il transpirait. Maman c'est
aussi lui venir en aide, s'il te plaît !

—D'accord, d'accord, j'ai compris, mais
j'espère que c'est quelqu'un de confiance
et qu'il est sage. J'aborderai le sujet
avec ton père dès son retour.

—Merci maman, je savais tu
comprendrais, et ne t'inquiète pas, il est
très sage et très gentil donc tu peux lui
faire confiance. Je sais que papa

acceptera, en plus il n'est jamais à la maison lui !"

Je n'étais même pas au courant de tout cela, c'est un jour il est venu chez nous, et m'a demandé si je voulais vivre avec eux jusqu'à la fin de l'année scolaire.

" Ben, prends tes affaires tu pars vivre chez nous jusqu'à la fin d'année, comme cela ma mère pourra nous ramener à l'école ensemble,. Et t'auras tout ce que tu veux. En plus, elle a accepté mon pote!

—Non mais tu blagues? Je l'avais répondu.

—Quoi, je ne blague pas frérot. Je te dis viens. Et tu verras par toi même!

—Non merci, je ne vais pas venir, je préfère rester avec mes parents."Je ne voulais pas car pour moi, c'était une faiblesse et un manque de respect envers ma mère."

—Mais mon frère, fais pas ça s'il te plaît! Mes parents savent que tu viens aujourd'hui, et j'ai rangé ta chambre moi même au lieu de la servante!

—Je suis désolé mon pote, je vais pas y aller, j'apprécie le geste, je suis vraiment reconnaissant..."

Soudain ma mère rentra dans la chambre, puis il le lui dit. Bizarrement, elle était contente de la nouvelle et voulait que j'y aille car pour elle, c'était le meilleur endroit pour moi que je puisse m'investir dans mes études afin de réussir. "Tu ne manqueras de rien", avait-elle dit.

Après l'accord de ma mère, j'acceptai d'y aller.

Deux mois après mon emménagement, j'étais heureux, toujours joyeux, c'était le luxe, une vie que je n'avais jamais imaginé vivre un jour. **Mon ami me faisait rêver.**

Six mois plus tard, nous préparions notre baccalauréat, on devait passer l'examen deux semaines après, on révisait dans la chambre. Ensuite, sa mère nous appela pour le dîner.

Le repas était délicieux, mais devint amer en une fraction de seconde, car une nouvelle réveilla ma rancœur.

Le père de mon ami dit: " Stéphane, j'ai réussi à obtenir une bourse d'étude pour toi à Paris, tu iras continuer tes études après obtention de ton baccalauréat. Tout est déjà prêt, il suffit juste de te mettre au travail."

J'étais très gêné après cette annonce, ma douleur revint, et d'ailleurs, ils sentirent cette gêne en moi.

"Mais papa, et pour Bénito? demanda Stéphane.

—Ce n'était pas prévu! Avait répondu son père."

Sa mère étant très gênée, n'arrivait plus à me regarder. Elle resta la tête baissée jusqu'à la fin du repas.

Après le repas, on alla dans la chambre, on entendait les disputes des deux parents. Je crois que sa mère n'était pas contente de la façon dont la nouvelle avait été annoncée à son fils, en ma présence.

À ce moment, je n'en voulais à personne dans cette maison, j'en voulais plutôt à mes parents de ne pas être comme eux aussi. J'étais juste triste.

L'été arriva, nous avions réussi notre baccalauréat. Mon ami, lui, était très heureux du fait de sa réussite à cet examen, et se voyait dans une université parisienne dans les mois à venir. Pour cela, il était très heureux. Moi, j'étais heureux? Non je ne pense pas. Je n'étais pas heureux car je devrais me séparer de mon ami. Je n'étais pas heureux parce que je voulais être à sa place, je l'enviais, et je ne voulais pas qu'il parte. L'idée de tout perdre me rendait fou.

Si mon ami partait, comment allais-je faire? Que serait ma nouvelle vie? C'est vrai que ma vie ne dépendait pas que de lui, mais il me donnait un peu d'espoir, et c'est à ce moment que je réalisais son importance.

J'étais terrorisé, j'étais perdu, je voulais une réponse, mais rien.

Un samedi, mon ami m'annonça qu'il partait trois jours plus-tard. Sa mère nous envoya faire du shopping. Ce jour, elle acheta beaucoup de choses pour moi, histoire de me réconforter. Mais non, je ne voulais rien car je ne voulais qu'une seule chose, être à la place de Stéphane. Mais comment faire?

La veille du voyage, sa mère organisa une petite soirée, on s'est bien amusé, ou disons plutôt ils se sont bien amusés. C'était pour faire plaisir à son enfant. Je ne voulais pas participer à la fête, ils savaient que j'étais triste, je voulais rentrer chez moi et vivre ma vraie vie, ma réalité, mais sa mère me retenait.

Trois jours plus-tard, son vol était prévu à six heures du matin, et vers une heure du matin, sa mère lui remit tout ses affaires de voyage (son passeport, son visa étudiant, le nom de l'hôtel où il serait, son université, etc); et dès que je vis tout cela, mon cœur se mit à battre très fort car je voulais faire une bêtise, mais j'avais peur.

Je n'ai pas pu fermer l'œil de toute la nuit, je voulais être à sa place, je voulais à tout prix être à sa place. Je me posais tellement de questions, que faire? "Allez Bénito, fais quelque chose, vas y, fais-le, fais-le pour tes parents, aide-les à s'en sortir car si tu réussis, alors tes parents sont sauvés et toi aussi. Tu ne vois pas comme vous vous ressemblez? C'est pour toi ça mon gars, c'est ton destin, alors ne laisse pas filer ta chance!"

Je pris son passeport pour voir sa photo, on aurait dit moi. "OK j'y vais". Je pris tout ces affaires puis je changeai son réveil pour mettre sur dix heures au lieu cinq heures du matin. Avant de sortir, je vérifiai s'il y avait quelqu'un dans le salon, je croisa sa mère:

"Où vas-tu Ben? me demanda sa mère.

—Je vais aux toilettes!

—Mais il y a des toilettes juste à côté de votre chambre Ben.

—Ah d'accord, je ne savais pas."

Elle rentra dans sa chambre, je soupirai, j'attendis un peu avant de sortir. Trente minutes après, je revérifiai le salon, il n'y avait personne. Alors, je rentrai dans la chambre récupérer ses affaires pour partir. Je sortis avec tout ce qui était utile (passeport, visa etc), pour partir.

Mon ami était très heureux car il se voyait déjà dans une université de Paris. Toute sa pensée était focalisée sur cet objectif, mais j'étais entrain de briser son rêve. Je le trahissais.

Je sais tout ce que vous vous dites vous qui me lisez en ce moment, je vous comprends et je partage votre avis car je ne suis pas fier de mon choix. Mais il fallait que je le fasse pour moi, pour ma famille, pour mon avenir et pour tout. Je suis désolé mon ami.

*Comme le disait Antoine dans <u>Le bonheur</u>" «**pour tous ceux qui n'ont pas réussi, gâcher le bonheur des autres, c'est réussir un peu**».*

Pour réussir, il faut forcement faire des sacrifices, cela peut se faire par le travail, la trahison, ou autre chose; mais avant tout, on se doit de faire un choix. J'ai fait mon choix. Le choix de trahir mon ami.

2

Le voyage

*S*orti de la chambre, j'étais stressé,

il faisait sombre, la ville était vide et j'avais peur. Peur d'être tout seul dans la rue, peur de ce qui pouvait arriver, peur de ne pas réussir à atteindre mon objectif, peur de l'échec et de la prison.

Malgré tout le stress, je n'ai pas abandonné car il fallait que je le fasse. Eux, ils ont réussi, pas moi, pas ma famille, donc impossible pour moi de dire stop.

Arrivé à l'aéroport, il était 5h du matin. J'éteignis mon téléphone pour être injoignable. À chaque seconde, je regardais autour de moi de peur qu'ils viennent m'arrêter et mettre fin à mon rêve. Malgré tout, je restais concentré sur l'objectif pour ne pas trembler devant les contrôleurs.

Je me rendis immédiatement au guichet d'enregistrement, tout se passa bien. Ensuite, j'allai enregistrer mon bagage (c'était juste un sac de dos). La dame récupéra le passeport puis demanda le numéro de mon billet (heureusement je l'avais). Elle me remit ensuite une carte dont je ne connaissais pas l'utilité.

À la porte d'embarquement, c'est là que mon stress augmenta. Je faisais toutes sortes de prières dans mon cœur, mais je restais humble pour éviter le pire. On passa la première porte de sécurité, je présentai mon passeport puis ma carte d'embarquement. Je suivais les panneaux.

Arrivé au contrôle des identités, mon cœur allait exploser. Je présentai mes documents, la dame me regarda longtemps, même très longtemps. Je commençais à flipper, puis elle appella une de ses collègues:"Murielle, viens s'il te plaît" . Le dame vint, puis elle lui demanda de prendre sa place car elle voulait aller aux toilettes. Je lui demandai:

"Vous allez bien?

—Oui ça va monsieur, ne vous inquiétez pas.

Je disais au fond de moi: «elle pense que je m'inquiète pour elle? "rire", je m'inquiète plutôt pour ma survie ma cocotte !»

—C'est bon tu as contrôlé le monsieur? demanda Murielle.

—Oui c'est bon je l'ai contrôlé!" Puis elle me remit les documents. J'étais aux anges. C'était «le plus beau jour de ma vie». J'étais très heureux.

Arrivé au dernier contrôle, c'est à dire, celui de la sécurité, le portique sonna lorsque mon tour vint. Mon cœur s'arrêta pendant une minute environ. On me demanda de vérifier mon sac au dos. C'était la bague de mon ami qui avait enclenché l'alarme de sécurité. Après vérification, je passai. Puis j'allais directement dans la salle d'embarquement.

Trente minutes plus-tard, une annonce retentit: «Madame et Monsieur le vol à destination de Paris Charles de Gaulle aura un retard d'environ 45minutes». C'était mon vol. Je mourais de peur. Je tremblais car je me disais qu'obligatoirement les parents de mon ami allaient venir à l'aéroport. Je n'ai jamais eu aussi peur de toute ma vie. À un pas de mon objectif, tout pouvait s'arrêter. Je gardais mon calme sans panique.

Après un certains temps, une hôtesse nous prévint au micro que notre vol était à présent prêt, nous pouvions

embarquer.

Je fis la queue, puis je montrai ma carte d'embarquement à la dame, avant de filer tout droit dans l'avion. Destination Paris.

3

L'arrivée à Paris

J'avais atteint mon objectif,
j'étais parmi les plus heureux au monde.
J'étais fier de mon choix, de ce que
j'avais fait et j'espérais un avenir
meilleur .

*Maintenant que j'étais à Paris, où aller?
Je ne pouvais pas risquer de me rendre à
l'hôtel qui avait été réservé au nom de
mon ami de peur d'être arrêté par la
police.*

*J'appelai ma famille pour leur annoncer
la nouvelle. Ils étaient très heureux, ils
n'arrivaient pas à y croire. Ma mère,
tellement heureuse, n'avait pas eu le
temps de me demander comment j'avais
fait pour être là.*

*Je demandai à mon père s'il avait une
connaissance en France qui pourrait
m'aider. Heureusement, il était resté en
contact avec un ami de longue date qui
vivait sur à Paris. Alors, il me passa son
numéro, puis je l'appela. Celui-ci
accepta de m'héberger.*

Son prénom était Daouda, il était marié à une femme appelée Myriam. Ils avaient une fille de quatre ans, ils vivaient en famille dans un petit appartement avec deux chambres. Avec mon arrivée, nous serions donc quatre à y cohabiter.

Je dormais dans le salon, je faisais tous les tâches de la maison (ménage, cuisine, courses etc). Je ne me plaignais pas. C'était le temps pour moi de trouver une solution à ma situation.

Daouda constata des charges supplémentaires sur les dépenses du mois, alors il me demanda de me chercher une activité qui pourrait rapporter un peu de revenu afin que je puisse l'aider à payer les frais tels que le loyer, l'eau, l'électricité et la nourriture. *Je n'approuvais pas cette idée, je refusai donc sa proposition parce que n'avais jamais travaillé auparavant. Tout ce que je savais faire, c'était aller à l'école.*

Il était très en colère contre moi, il décida de ne plus m'aider, il ne m'adressa plus la parole. Il ne me permettait plus désormais l'accès à certaines parties de la maison,et il m'ignorait; il ne voulait pas me mettre dehors à cause du respect qu'il avait envers mon père en Afrique.

À ma plus grande surprise, Myriam, sa femme tomba amoureuse de moi, une situation que je dus gérer.

Un jour, en l'absence de son mari,
Myriam tenta de me draguer. Elle me
séduisit: elle voulut sortir avec moi.
Mais je refusai ses avances.

Elle essaya par tous les moyens, mais je
restai sur ma décision de ne pas trahir
celui qui m'avait tendu la main.

Une situation que Myriam n'avait pas
digérée. Elle garda rancune contre moi.
Elle me dit:

"Sais-tu que si je décide que tu sois
dehors, tu le seras. Le sais-tu?

—Évidement que oui je le sais. Puisque
je squatte chez vous. Donc tu ne
m'apprends rien Myriam! Désolé, mais
je pourrai pas accepter ce que tu me
demandes.

—*OK, on verra Ben."*

Une fois son mari de retour, elle lui demanda de me mettre dehors disant qu'elle n'aimait pas ma présence dans la maison.

Heureusement que son mari n'était pas d'accord avec elle. Pour lui, c'était comme s'il mettait son propre enfant à la porte car il avait promis à mon père de prendre soin de moi quoi qu'il arrive. Elle était énervée contre son mari.

Malgré tout, sa femme était très belle, aussi très jeune. Seulement que je ne voulais pas être ridicule pour une deuxième fois.

Fin du mois d'août, Daouda se préparait à partir pour une semaine, dans le cadre de son travail. Avant son départ, il me demanda de prendre soin de sa famille.Je serai tout seul avec sa femme et son enfant. Seul avec celle qui était prête à tout pour que je sois dans son lit.

Un soir, Myriam décida de faire la cuisine, en plus mon plat préféré. Elle me proposa un dîner, histoire de se faire pardonner. J'acceptai donc sa proposition, mais j'ignorais ce qu'elle avait en tête.

Elle mit de la musique, on mangea, on dansa, on rigola. Puis un moment, elle me dit:"Attends Ben   j'arrive, j'ai une surprise pour toi. Ferme les yeux avant que je te montre la surprise!

—Mais il s'agit de quoi Myriam?

—T'inquiète mon chéri, tu vas adorer j'en suis sûre.

—OK, vas y, fais vite."

Elle alla dans la chambre, puis cinq minutes après, en ressortit.

"Tourne toi, mais n'ouvre pas les yeux sinon j'annule.

—Mais qu'est ce que tu manigances? Fais vite s'il te plaît!

—C'est bon, tu peux ouvrir les yeux."

J'ouvrais doucement les yeux, puis je la vis arrêtée, avec pour seul vêtement une serviette blanche. Elle n'avait rien dans sa main comme surprise. Je lui demandai où était la surprise. Myriam laissa sa serviette tomber, elle était nue, et très belle, je ne pouvais pas résister face à ça.

Elle me prit dans ses bras, puis m'embrassa. Je ne voulais plus arrêter, elle non plus. On finit par sortir ensemble. Ce fut notre première fois.

Elle avait réussi son coup, et moi j'avais trahi la personne qui m'avait tendue la main. Je me rendais compte que la trahison faisait partie de moi.

Après cette première fois, on continua de sortir ensemble, en l'absence de son mari. Je voulus arrêter plusieurs fois, mais je n'y parvins pas.

4

Entrer en contact

Un Jour, je pris la décision de reprendre contact avec Stéphane en Afrique. Je l'appelai sur son numéro mais je tombai sur sa messagerie. Je lui laissai alors un message:

" Salut Stéphane, comment tu vas? C'est Ben, j'ai essayé de t'appeler mais j'arrive pas à te joindre. C'était pour te demander pardon. Je sais que je ne suis pas un bon ami. Je sais ce que j'ai fait n'est pas une bonne chose. Tu m'as fait confiance mais je t'ai trahi. Désolé mon ami. Je ne sais pas si tu me pardonneras un jour mais sache que je suis vraiment désolé. Et je te rendrai cela un jour car c'est grâce à toi je suis en France aujourd'hui. Pardonne-moi, s'il te plaît."

Deux heures plus-tard, je reçus son appel, je m'imaginais tellement de chose négatives. Je redoutais de prendre l'appel, de peur d'être localisé. Je finis par décrocher.

Je m'attendais à tout sauf à cette réaction. Mon ami me parla comme si de rien n'était. J'essayais de lui demander pardon mais il me dit qu'il est heureux d'entendre ma voix.

" Salut, salut, salut..."

Javais peur de parler. Je ne disais rien.

" Salut Ben, c'est toi?

—Salut, répondis-je"; je chialais.

" Ben, c'est toi? Tu pleures? Qu'est ce qui t'arrive? T'as besoin d'aide? Mais réponds-moi s'il te plaît frérot!"

Quand j'entendis "frérot", je fus surpris; puis je répondis: "Oui Stéphane, c'est moi."

Stéphane cria de joie, mon ami cria de joie pour ma réussite malgré la trahison. "Mon ami osa réagir ainsi. Mais qui es-tu mon ami? Qui es-tu bon sang?" Je ne comprenais rien, j'étais perdu. Je fis restai bouche ouverte tellement je fus surpris par sa réaction.

"Pourquoi tu cries Stéphane? Je lui posa la question.

—Est ce que tu vas bien? me répondis-je.

—Oui je vais bien, t'inquiète pas.

—Enfin j'ai retrouvé mon pote. Je suis très heureux pour toi mon ami.

—Je t'ai contacté pour te demander pardon. Pardonne-moi Stéphane s'il te plaît.

—Quel pardon? Je suis très content pour toi frérot car   je n'avais plus de tes nouvelles. Je ne savais pas comment tu allais, où tu étais et de ce que tu faisais. Mais aujourd'hui, j'ai la réponse à toutes mes préoccupations. Donc laisse moi être heureux mon gars!"

J'étais silencieux, je ne comprenais pas sa réaction. Mais qu'est-ce qui t'arrive Stéphane?, lui demandai-je. Tu devrais me détester pourtant! Alors, pourquoi tout ce cinéma?

—Je ne suis pas fâché contre toi mon ami, au contraire, tu ne peux pas comprendre ma joie. Je n'arrivais plus à manger quand tu es parti. Ce qui me brûlait était que je ne savais pas où tu étais. Aujourd'hui tu as balayé tout ce chagrin. Et pourquoi devrais-je te détester? Ça n'arrivera jamais, peu importe ce qui peut arriver, peu importe tes choix, tu es et tu resteras mon confident, mon meilleur ami, mon frère. Tu te souviens quand je te disais «les gens trouvent que nous sommes frère?»

Là, tu viens de le confirmer car tu as réussi à voyager avec mon identité, ce qui est tout à fait extraordinaire. Je suis vraiment heureux pour toi Ben. Concernant mon passeport, ne t'inquiète pas je vais trouver une solution. Je pense que je viendrai te voir pendant les vacances. Maintenant dis-moi tout, comment as-tu fait pour réussir le voyage?"

J'étais très choqué, comment quelqu'un pouvait être aussi gentil envers son prochain? Il était tout simplement un ange. On continua notre conversation et je racontai tout depuis mon départ.

«Un véritable ami est plus rare que l'or et l'argent».

5

Trois mois plus tôt

Au u lendemain de mon départ pour Paris, le père de mon ami était très en colère. Ce qui était tout à fait compréhensible.

Il avait tout mis en œuvre pour me retrouver, sauf qu'il ne se doutait pas un seul instant que j'avais réussi à quitter le territoire. Pour lui, c'était impossible, inimaginable que je sois à la place de son fils en France. Cela avait été son erreur.

Il avait promis de me retrouver et de m'envoyer en prison, son fils ne voulait pas qu'il agisse ainsi. Sa mère ne disait rien face à la situation. Il voulait qu'elle le soutienne pour éviter que son père me fasse du mal, mais elle ne voulait pas prendre partie. En fait, sa mère s'était attachée à moi. D'un côté, elle se souciait de moi,mais elle voulait que je sois puni.

Pour éviter que ses parents me punissent, Stéphane décida d'agir d'une autre manière.

Tout d'abord, il mit fin aux études. Ensuite, il décida de ne plus manger tant que ses parents ne changeraient pas d'avis.

Il passait des nuits à dormir dehors dans le but de ne plus revoir ses parents. Il faisait de nouvelles connaissances.Il passait son temps dans des boites de nuit (un comportement qu'il n'avait pas auparavant), il se mit à fumer, à boire de l'alcool. Il devint une nouvelle personne, quelqu'un d'autre.

En plein mois d'été, sans aucune de ses nouvelles, ses parents se rendirent à la police pour lancer un avis de recherche afin de retrouver leur unique enfant. Sa mère, impuissante face à cette situation, demanda à son mari de réaliser le vœu de son fils une fois retrouvé. C'est à dire ne pas me faire du mal.

Plusieurs semaines de recherche, aucune nouvelle du jeune homme, les parents stressés, la police à plein cœur de l'événement, la situation prit de l'ampleur, plus d'inquiétude et d'enjeu. La situation s'aggrave à cause de l'inquiétude et des enjeux. Tout ceci était de ma faute.

Stéphane fut aperçu dans un bar en train de faire la vaisselle. Oui, le jeune homme avait entamé une nouvelle vie loin de ses parents. Mais il fut reconduit à son domicile par la police.

L'ironie dans cette histoire est que tout ce cinéma était pour mon propre bien.

Étant donné l'ampleur de l'événement, ses parents décidèrent de réaliser son désir, celui de ne plus me poursuivre.

Tout cela s'était passé dans la plus grande discrétion pour éviter que l'image de son père soit salie.

La mère de Stéphane posa des questions à son fils:

"Mon enfant, dis moi la vérité s'il te plaît, Ben il est qui pour toi au juste? Tu es homosexuel? Tu es amoureux de lui? Où est-ce vraiment ton ami?

—Maman, Ben c'est mon meilleur ami, je ne suis pas homosexuel et je ne le serai jamais. Je comprends tout simplement mon ami. Il a été élevé dans la pauvreté, il n'a pas eu ce privilège que moi j'ai; donc quoi qu'il arrive, je le soutiendrai toujours car c'est mon pote. Concernant l'amour, oui je suis amoureux de son amitié car c'est quelqu'un d'extraordinaire au fond. Je le considère comme mon frère, maman. Pour moi, il aura toujours de la valeur à mes yeux. Maintenant, je prie pour qu'il aille bien. J'espère le revoir maman..." Puis, il se mit à pleurer.

Un meilleur ami, c'est celui qui, malgré vos défauts, réussit à voir le meilleur en vous.

Mon ami me comprenait mais je ne le savais pas. Pourtant j'aurais dû deviner grâce à tout ce qu'il faisait pour moi.

Mon ami était là pour moi, même après l'avoir trahi.

Mon ami m'aimait, et moi je profitais de cet amour.

Mon ami rendait visite à ma famille pour leur donner ce dont ils avaient besoin, et moi je ne le savais pas.

Mon ami m'avait considéré comme son frère, moi j'avais profité de son ignorance. Un moment, je regrettais mon choix. Vraiment je le regrettais.

6

Retour dans le présent 1

Continuant nos conversations,
Stéphane me demandait ce que je faisais
et ce que j'envisageais de faire
maintenant. Je lui répondais que je n'en
savais rien.

Puis il me parla de l'université, étant donné que j'avais son identité, je pouvais continuer de suivre les cours. Mais ce serait dommage pour moi, car si j'obtenais le diplôme, cela serait en son nom.

Stéphane me soumit une idée: aller à l'université à sa place à Paris, puis lui de son coté ferait pareil en Côte d'Ivoire. Ce serait notre secret. Sans que nos parents ne soient au courant.

Je me disais:"Mais il est fou ce mec! C'est en quelque sorte avoir une double identité!"

Je n'avais pas d'autre choix de toute façon que d'accepter l'accord, c'était la *seule solution pour moi. On décida donc de faire comme ça.*

Les cours devaient commencer sous peu de temps. Il était inscrit à l'université Paris Descartes.

Ensuite, il me proposa d'occuper la chambre qui lui avait été réservée à l'hôtel pour les études car cette chambre était toujours sous réservation parce que son père était très occupé par ces campagnes politiques, donc petit oubli de sa part. Je pouvais alors occuper la chambre me passant pour mon son fils Stéphane.

Il était très heureux de savoir que j'allais bien.

7

Retour dans le présent 2

*A*u retour de Daouda, tout se passait bien, et je continuais ma relation avec sa femme Myriam. Elle était très amoureuse de moi. Je commençais à l'être aussi.

Après que mon ami m'eut dit d'aller occuper la chambre de l'hôtel, je demandai à Daouda de quitter sa maison, lui expliquant que j'avais trouvé un endroit où dormir; et que je pouvais désormais m'occuper de moi.

Il était content pour moi et m'encouragea malgré nos désaccorde, puis me donna de bon conseils: «Ben, si tu as besoin de quoique ce soit, tu me tiens au courant, je serai toujours là pour te donner un coup de main, et sache que tu seras toujours le bienvenu chez moi». Il ne m'en voulait plus de ne pas avoir travaillé pour ramener de l'argent.

Pour quelqu'un qui est prêt à vous aider, pour remercier cette personne, vous coucher avec sa femme, c'était ignoble et pénible.

Je quittai l'appartement pour aller à l'hôtel, dans une chambre de luxe, tout était parfait dans cette chambre, c'était la belle vie. Sauf que je devrais me débrouiller pour pouvoir manger. C'est à dire, me trouver un boulot au black.

Pour cela, je contactai encore Daouda pour qu'il m'aide à trouver un boulot. Il le fit également, et parvint à m'avoir un travail pour les week-ends.

Même étant à l'hôtel, je sortais toujours avec sa femme. Je n'arrivais pas à me débarrasser d'elle. C'était encore pire car elle venait me voir presque tous les jours.

Mi-septembre, c'était la rentrée à la fac, je me disais qu'il était temps de me concentrer sur mon objectif, et de dire à Myriam que notre relation était terminée, afin de me concentrer sur mes études.

C'était trop tard car elle m'annonça être enceinte de moi. Non ! Ça ne pouvait pas être vrai!. J'avais mis enceinte la femme de celui qui m'avait accueilli ! Qu'est ce que j'allais pouvoir dire à mon père et à Daouda? Je me rendis compte de ma stupidité. Je n'avais pas d'autre solution que de demander à Myriam d'avorter.

" Myriam, tu le sais, tu sais très bien que cet enfant, tu ne peux pas le garder. Tu connais ta situation et la mienne. Au nom de notre amour, avorte. C'est la seule solution que nous pouvons trouver, avorte si tu m'aimes réellement !

—Non, non Ben! Il est hors de question que j'avorte. Ne mélange pas les choses, je t'aime et tu le sais, c'est pour cette raison que je ne vais pas avorter. C'est à cause de mon mari que tu me demandes d'avorter? Dans ce cas je préfère le quitter pour vivre avec toi, c'est tout ce que j'ai voulu depuis le jour où tu as franchi cette porte.

—Tu sais très bien que je ne vais jamais accepter que tu le quittes pour moi, en fait, c'est tout ce que je voulais éviter! C'est pour cela je ne voulais pas coucher avec toi. Myriam, qu'est ce que tu veux que je fasse pour que tu fasse ce que je te demande?

—Rien Ben, je veux juste que tu assumes ta responsabilité. Ce n'est pas grave si tu ne peux pas t'occuper de l'enfant pour le moment, je le ferai. Mais assume juste l'acte, c'est tout ce que je te demande.

—Tu sais bien que c'est impossible. OK, dis moi, comment tu vas pouvoir dire à ton mari que moi je t'ai mise enceinte? Bon, ce que j'aimerais qu'on fasse, tu lui dis que tu es enceinte de lui, et on gardera le secret pour éviter les ennuis et les problèmes. Mais sache que je suis d'accord, je suis le responsable de la grossesse.

—Si tu es d'accord pour reconnaître ta paternité, j'accepte la proposition de lui mentir, je lui dirai que l'enfant est de lui. Mais sache que ce n'est pas pour l'éternité. C'est le temps de trouver une solution pour nous, mon amour, c'est d'accord?"

—C'est d'accord ! J'avais répondu."

Notre relation devint alors très sérieuse, on se voyait très souvent.

C'était une très belle femme. C'est ce jour je me confiai à elle, et lui expliquai comment j'avais fait pour être en France. Ensuite, je lui dis que j'allais dans une université au nom d'une autre personne. Elle était choquée mais elle m'avait promis de garder le secret.

Comme le dit Charif Barzouk: **La vie n'est qu'un long rire, le reste n'est qu'apparence et tromperie**

8

La fac

C'était le jour de la rentrée,

*disons la prérentrée, avec les
présentations, la visite du campus etc.*

*Vient la présentation: tout le monde se
présenta, puis ce fut mon tour (je vous*

laisse deviner l'accent de quelqu'un qui arrivait à peine du "bled"). J'avais un accent très prononcé, l'accent ivoirien.

Je fis ma présentation: " Salut, moi c'est Bénito... heu....pardon Stéphane, je suis originaire de la Côte d'Ivoire, je suis ici pour continuer mes études, alors je vous souhaite à tous une année pleine de réussite."

Tiens, je me trompais déjà de mon prénom...ça promettait.

Après mon discours, tout le monde se regarda. En fait, ils n'avaient pas vraiment compris ce que j'avais dit. Les gens avaient applaudi à la fin quand même, par politesse.

Comme vous le savez, il y a toujours un groupe qui se démarque des autres. C'était le groupe de Marwane, composé de quatre personnes: Marwane, sa copine Angela, et deux autres de ses copains Théo et Flavien.

Les trois jeunes se sont mis à rigoler sauf Angela qui elle ressentait de la compassion pour moi. Mais, était-ce vraiment de la compassion ?

On pourra dire que je me suis fais remarquer dès le premier jour de la rentrée. Génial ça, non?

La formation des groupes

Pendant une semaine, c'était les fêtes, les rencontres, et les présentations.

Je m'étais fait un ami appelé Killian, qui m'aida à mieux m'intégrer, à participer aux fêtes du campus, à m'ouvrir aux gens. Il devint mon meilleur ami du campus.

Le premier groupe

Marwane est d'origine marocaine, il vit en famille avec ses parents, mais il est plutôt délaissé par les siens, il fait ce qu'il veut, quand veut et comme il veut.

Il est l'unique fils des ses parents. Son plus grand défaut était qu'il était très amoureux de sa copine Angela, elle était en quelque sorte son point faible. Pour elle, il était prêt à tout. Mais, était-elle aussi amoureuse de Marwane?

Angela est d'origine allemande, elle est issue d'une famille riche, dont elle est l'aînée, suivie de Léo son petit frère. Elle se faisait accompagner au campus par son chauffeur, toujours dans de belles voitures. Elle était perçue comme la star de l'université.

Théo, c'était le mec timide du groupe, il était toujours à la disposition des autres. Il était celui qu'on envoie faire tout et n'importe quoi. C'est lui qui partait à la recherche des infos.

Flavien, c'était le plus intelligent du groupe, il était celui que Marwane écoutait le plus, celui qui pouvait tout se permettre. C'était le meilleur ami de Marwane.

Le deuxième groupe

Ce groupe était composé de trois personnes, ils sont appelés «groupe des bras cassés», c'est à dire ceux qui viennent en cours juste pour s'amuser et distraire les autres. Ils sont dans tous les mauvais coups et leur présence est toujours remarquée. Ce groupe est mené par Ishem.

C'était un groupe de dealers, ils faisaient leurs affaires dans le campus et c'était des personnes à éviter pour ne pas se créer d'ennuis.

Le troisième groupe

Le groupe des filles, celles qui passaient trois heures devant une glace rien que pour s'admirer afin d'être belle devant leur caméra Apple. Les filles des réseaux sociaux. Elles veulent connaître la vie de tout le monde. Ce groupe était composé d'Anna, Elodie, Charlotte et la sublime Emma. Toutes étaient très belles.

9

Début des cours

(Nous sommes dans le présent)

Fin de la prérentrée, les fêtes et les rencontres.Maintenant place aux cours.

Il y a un "bloc" (un site) commun pour tous les élèves du campus, là où on trouve des infos concernant les cours ou les événements à venir dans le campus.

Après quelques semaines des cours, ce qui me surprend le plus, c'est le grand changement dans les procédés des cours dans cette université. Je me dis, que c'est peut-être dans toutes les universités au monde que les cours se passent de la sorte. Les relations avec les professeurs sont différentes de celles de mon pays d'origine.

Les professeurs n'ont pas le temps d'expliquer les cours, ils n'ont pas le temps pour les étudiants, ils ont un programme clair et précis; donc ils ne se soucient pas trop du niveau de compréhension des élèves.

Tout ce changement, je dois m'adapter et me concentrer davantage afin d'avancer.

Après deux mois de cours, Angela tente de rentrer en contact avec moi, elle passe par mon pote Killian afin d'obtenir mon numéro. J'avais peut-être attiré l'attention de la jeune fille, elle est prête a quitter son petit ami Marwane pour moi. Je n'exclus pas l'idée de sortir avec la star du campus, sachant que j'avais déjà une relation amoureuse avec Myriam, la femme de Daouda. Mais je me méfie juste de son copain. Je me dis, étant donné sa richesse, peut-être qu'elle m'aidera plus tard, qui sait?

Marwane remarque un changement dû à sa copine mais ne doutait pas de la raison. Il envoie son ami Théo vérifier, afin d'en savoir plus. Celui-ci n'aura pas d'information réelle.

Un soir après les cours, Angela demande à Killian d'organiser une rencontre le week-end entre elle et moi afin qu'on puisse échanger. Au début, je n'accepte pas le rencard car je devais travailler le week-end. La jeune fille ne cède pas, elle me propose un remboursement de la somme que je devrais toucher le week-end, puis rajoute encore une somme supplémentaire si j'accepte juste sa demande. Face à une telle proposition, je cède et j'accepte le rencard, c'est dans un restaurant de la ville non loin du campus.

Le soir du rendez-vous, on se retrouve à l'endroit prévu, mais on n'est pas seuls. Elodie (du groupe des filles) nous voit en train d'échanger au restaurant, car elle y était aussi. C'était le restaurant de ses parents.

Une demi heure plus tard, Angela tente de m'embrasser, j'hésite au début, mais je finis par céder.

Elodie ayant vu à la scène nous prend en photo puis l'envoie directement sur le blog (sachant que tous les élèves verraient la photo, elle masque alors son numéro) et met en titre «la princesse et le nouveau roi».

Une fois rentrée chez elle, Angela appelle son «ex copain» Marwane au *téléphone et met un terme à leur relation, mais n'explique pas les causes au jeune homme.*

Très surpris et déprimé à l'idée de perdre sa bien aimée, Marwane fait tout pour connaître les causes de la décision, mais elle ne dit rien. Il passe une nuit blanche à laisser couler les larmes, il était très amoureux d'elle. Il tombe malade et n'est pas prêt à aller au campus le lendemain.

Ce lundi, à mon arrivée en cours, je trouve sur mon casier un mot, " il est mignon le nouveau prince charmant black." Très en colère, je pars à l'administration signaler ce fait.

Je croise dans le couloir monsieur Chollet, notre professeur. Il m'appelle: " Stéphane... Stéphane...!"

Je ne réponds pas car j'avais oublié que je devais m'habituer à répondre à ce prénom. Monsieur Chollet, c'est le professeur le plus cool du campus, c'est celui qui m'a bien accueilli quand j'étais nouveau, le seul professeur qui s'intéresse à ses élèves. Ce qui m'énerve chez lui, est qu'il veut toujours savoir la vie des autres. Ça, ça m'énerve.

Avant de quitter le couloir, tous les regards se tournent vers moi, certains rigolent, d'autres se moquent encore plus «Où vas-tu notre roi? Elle est où la princesse?».

Quelques minutes après, la voiture de la "princesse" arrive. Elle est très belle, dans une nouvelle voiture de luxe. Tous les regards se fixent maintenant sur elle, on sent de la jalousie venant des autres filles, mais elle était toute souriante, bien habillée dans sa mini jupe, on ne pouvait que l'admirer.

Quand elle arrive, plus personne ne parle, puis elle remarque l'attention des gens mais ne se doute pas de ce qu'il se passe car elle n'a pas été sur le blog. Ce n'est pas son "délire" d'aller sur ce site.

Théo ayant appris l'information, il appelle son ami Marwane pour lui annoncer la nouvelle. Devinez la tête de Marwane lorsqu'il fut mis au courant. Son premier réflexe c'est de se rendre immédiatement à l'université pour me *voir. À la pause, je le croise dans le même couloir, il me surprend avec coup de poing sur la mâchoire. Puis il hurle:"Viens te battre, me dit-il, fais voir si t'es un homme, si t'as des couilles, aller viens imbécile, blédard! Je te promets que tu vas regretter de m'avoir arraché ma copine! hurle -t-il."*

Évidemment, je ne dis rien car j'évitais tous les ennuis qui pourraient me démasquer. Je n'essaie pas de répliquer.

Ensuite, vient Flavien. Il attrape son ami, il le calme. Il lui dit quelque chose à l'oreille. Puis, ils s'en vont.

Pendant ce temps, la princesse était dans le bureau du directeur. Elle n'avait pas assisté à la scène.

J'étais blessé, j'avais les lèvres gonflées.

Mon ami Killian me raccompagne à l'hôtel. Sur le chemin, on croise Ishem et son groupe.

" Qu'est ce qui t'arrive Stéphane? demande Ishem.

—Rien de grave.

—Allez dis-moi mon gars, je te demande parce que tu es un bon. Dis-moi qui t'a fait ça?

—C'est Marwane, parce que sa copine ne veut plus de lui, mais de Stéphane, raison pour laquelle il l'a tapé, dit Killian.

—Marwane? T'inquiète pas mon gars, je vais régler son cas à cet enfoiré.

Rentre bien et repose toi, demain on gère."

Je n'ai pas compris pourquoi il voulait me défendre.

Je rentre chez moi, Angela m'appelle au téléphone.

" Salut chéri, comment ça va?

—Bien merci et toi?

—Tu sais quoi? J'ai quelque chose à te proposer. Je n'aime pas quand tu travailles les week-ends. Si tu veux, je t'aiderai tous les mois dans tes besoins seulement si t'arrêtes ton travail du week-end, comme cela, on aura du temps à partager ensemble. Qu'est ce que t'en penses? Je veux juste être à tes côtés.

—Franchement, je ne sais pas, mais ça dépend de toi chérie. Sinon pourquoi pas."

On reste sur cette proposition. J'arrête mon boulot du week-end. Angela faisait tout pour moi. Elle me nourrissait, m'habillait, me donnait de l'argent quand j'en avais besoin. Enfin bref, tout était gratuit.

Je jouais deux doubles jeux. Le premier est que je sortais avec la femme de Daouda, puis avec Angela. Le deuxième est que j'avais une double identité dont personne ne se doutait, sauf Myriam que j'aivais mise au courant.

Je ne mesurais pas la gravité de la situation car pour moi c'était de plus en plus excitant.

Le lendemain en cours, j'apprends que Marwane est hospitalisé car il aurait été agressé, c'était Ishem et son groupe qui étaient les agresseurs.

En cours, je n'étais pas concentré car je me faisais du souci pour lui.

Puis monsieur Chollet constate que j'étais ailleurs, il m'appelle par le prénom: " Stéphane! Stéphane! Stéphane..." Encore une fois je ne réponds pas quand il m'appelle par ce prénom. À la fin des cours, il me convoque dans son bureau.

"Qu'est ce qui ne va pas chez toi Stéphane? me demande-t-il.

—Tout va bien monsieur, ne vous inquiétez pas. Pourquoi me posez-vous cette question?

—J'ai remarqué que quand je t'appelle, tu ne me réponds presque pas. Pourquoi? Qu'est ce qui ne va pas?

—Mais non monsieur, peut être que j'étais ailleurs quand vous m'avez appelé!

—Aaahhh, donc tu es toujours ailleurs toi? D'accord."

Ce professeur est le seul à douter de ma personne. Cela me faisait flipper car s'il y a quelque chose qui l'intrigue, il ne s'arrêtera pas.

Marwane est hospitalisé pendant deux mois. Ishem est lui jugé au tribunal, puis est enfermé pour un an.

Pendant ce temps, je continuais mes différentes relations. La semaine, j'étais avec Myriam, et les week-ends avec Angela.

Tout se passait comme prévu jusqu'au jour je me suis fait prendre par Anna, du groupe des filles.

J'étais avec Myriam devant l'hôtel un soir de la semaine. Puis elle passait, ensuite elle s'est retournée venue me saluer.

"Salut Stéphane.

—Comment tu vas? je l'avais répondu.

—Bien merci. C'est ta sœur elle? Elle est très belle.

—Merci, mais je ne suis pas sa sœur plutôt sa fiancée, répondit Myriam."

Je me suis dit «Mais ferme ta gueule putain, depuis quand tu es ma fiancée toi! Putain, je suis cuit!».

"Aaaah d'accord, désolée je ne le savais pas! rétorqua Anna. Bon, bonne soirée à vous. Salut Stéphane !"

J'étais très énervé au fond, je ne voulais qu'une seule chose, qu'elle puisse dégager.

Le jeu devient amer. Je commençais à avoir des inquiétudes pour monsieur Chollet, et pour Anna.

Pendant ce temps, mon ami Stéphane se donne à fond dans les études afin que moi, je sois dans de bonnes conditions. De mon côté, je m'en fichais de l'école. En fait, je m'en fichais de son avenir si on peut le dire.

Quand mon ami m'appelait pour savoir comment se passaient les cours, je lui répondais toujours, tout se passait bien. "T'inquiète pas frérot, je gère la situation." Alors que je ne faisais rien du tout.

Je voulais seulement rester dans ma nouvelle vie où tout est gratuit. Loger

gratuitement, manger gratuitement,
m'occuper de ma famille gratuitement.
C'était la belle vie et je ne voulais pas
qu'il y ait une fin.

Rien n'est gratuit dans ce monde. Sachez que tout ce qui se fait gratuitement, profiter des personnes ou compter sur des personnes, s'arrêtera un jour. Quand ce jour arrivera, vous connaîtrez la vraie vie.

10

Les secrets

*U*n jour, Daouda m'invita chez lui pour fêter la grossesse de sa femme. Pour lui, c'était son enfant.

Au moment de la fête, Myriam me fait signe de la retrouver dans la chambre. Je ne savais pas pourquoi elle m'invitait alors que son mari était présent, mais j'y allai quand même.

Elle commença à m'embrasser. Et on continue de s'embrasser. On ne voulait pas arrêter.

Soudain, Daouda rentra et nous surprit. Il était tellement choqué qu'il commença à pleurer. C'est le seul geste qu'il put faire, pleurer.

Il était déprimé, il ne croyait pas à la scène à laquelle il venait d'assister.

Immédiatement je m'en allai de la fête.
Je savais que je venais de briser la vie
de celui qui m'avait secouru quand
j'avais besoin d'aide.

Parfois, c'est après avoir faire le mal
qu'on regrette nos choix. Oui je
regrettais tout. C'est à ce moment je
compris que le mal faisait partie de moi.
J'étais le diable en personne. Un escroc.

En fait, toutes les mauvaises paroles
pouvaient me décrire.

J'avais peur que tout ce mal me
rattrape.

Le lundi suivant, je me rendis à l'université, sur mon casier était marqué «le prince infidèle». Je ne me doutais pas un seul instant qu'Anna pouvait fermer sa gueule. Maintenant, tout le monde était au courant de ma double relation, la première, Angela.

J'essayai de me faire pardonner par Angela. Elle me fit comprendre que j'étais pardonné, qu'il n'y avait plus de soucis. Et qu'on pouvait continuer notre relation.

J'étais content car c'est elle qui faisait tout pour moi. Je m'attachais à elle. Disons à son argent.

Le cours suivant, avec monsieur Chollet, tout se passa bien au début.

Puis soudain, il m'appela par mon vrai prénom: "Bénito, euuuh pardon qu'est ce que je raconte, Stéphane! Réponds à la question précédente!"

J'étais choqué. Je me demandais comment il pouvait connaître mon prénom? Je savais qu'il ne s'était pas trompé. Il faisait comme si c'était le cas. Mais j'avais compris le message qu'il voulait me passer.

Je me posais toutes sortes de questions: comment allais-je faire maintenant que le secret était découvert? Devrai-je quitter la fac ou reste?

Dans un premier temps, j'allai voir le professeur pour lui demander, pourquoi il m'avait appelé Bénito au lieu de Stéphane.

"Monsieur, avouez que vous le savez, ne faites pas comme si vous vous étiez trompé. Dites moi comment vous avez réussi à le savoir?

—Tu veux vraiment le savoir? me posa la question le professer.

—Oui monsieur..."

Tel que je l'avais dit dernièrement, c'est un professeur si quelque chose l'intriguait, il faisait tout son possible pour mieux comprendre, afin que sa conscience soit tranquille. Il était très curieux.

Monsieur Chollet s'était renseigné sur le dossier de mon ami Stéphane. Il avait notamment contacté notre ancien lycée de la classe de terminale.

Son échange avec la secrétaire du lycée:

"Bonjour, je suis bien au lycée technique de «Yopougon»?

—Bien-sûr, je peux vous aider? répondit la secrétaire

—Oui s'il vous plaît. J'aimerais en savoir d'avantage sur un élève qui était dans votre établissement l'année dernière.

—Donnez-moi son nom, je vais voir ce que je peux faire pour vous. Que voulez vous savoir?

—Son nom c'est Seka Stéphane. J'aimerais tout savoir, par exemple sa santé mentale, sa personne lorsqu'il était inscrit chez vous. S'il avait un problème quelconque avant d'intégrer notre université. A-t-il une maladie particulière? Des soucis? Je souhaite vraiment l'aider mais il refuse de me parler. C'est la raison qui me pousse à vous contacter afin d'en savoir plus.

—Attendez voir son dossier, un instant... Vous avez dit Seka Stéphane?

—Oui c'est bien cela.

—Comment ça se fait qu'il soit dans votre établissement? Ce n'est pas possible monsieur. Il avait obtenu une bourse d'étude à Paris mais son voyage avait été annulé, et son père nous a avertis.

—Je ne vous comprends pas. Il est avec nous Stéphane. Il est bien ici dans notre université et il continue ses études.

—Mais non monsieur, ce n'est pas ce qui est noté ici !

—D'accord, pouvez-vous me donner le contact de son   père?

—Oui bien-sûr".

Il appela ensuite son père:

"Bonjour, je vous appelle au sujet de votre fils. J'étais tout de suite au téléphone avec la secrétaire de son ancien établissement, qui vient de m'informer que votre fils est avec vous et n'a pas pu venir en France pour ses études. J'aimerais en savoir plus à ce sujet s'il vous plaît.

—Oui bien-sûr que mon fils est ici avec moi. Enfin désolé de ne pas vous tenu au courant de ce qu'il s'est passé avec lui, répondit le père de Stéphane.

—Que s'est-il passé?

—Le jour où il devait prendre son avion
pour aller continuer ses études comme
prévu chez vous, il s'est fait voler par
son meilleur ami. Il lui a pris tout ce
qu'il avait (son identité, son visa, ses
affaires) pour partir. On ne savait pas où
il était allé jusqu'au jour mon fils m'a dit
qu'il était en France. J'ai voulu le punir
mais mon fils s'est interposé.

—Quel est le nom de son ami, celui qui
a volé l'identité de votre fils?

—On l'appelle Bénito.

—Merci de m'avoir informé, je vous
tiendrai au courant pour la suite."

Voila comment monsieur Chollet avait
su mon prénom, Bénito.

Maintenant que le secret était sorti, qu'allais-je faire? Faire face à cela, ou m'enfuir?

Comme à mon habitude, je commençais à avoir des regrets. Et oui, toujours des regrets.

On ne mesure pas la grandeur de nos secrets, c'est seulement quand ça éclate qu'on prend conscience de nos erreurs. Sauf que ce jour-là, il est trop tard.

On continua notre conversation:

"Qu'est ce que vous comptez faire maintenant monsieur? Appeler la police?Le dire à tout le monde?Le dire au directeur? Ou quoi d'autre monsieur?

—Stéphane, euuh pardon Bénito. Lequel des deux prénoms tu veux?.

—Cela dépendra de vous monsieur.

—Tout d'abord, j'aimerais savoir pourquoi tu as fait cela. Qu'est ce qui t'a pris de faire une chose pareille? En plus de voyager avec l'identité de quelqu'un d'autre, tu oses prendre la place de cette personne? Tu sais, c'est comme si tu avais pris la vie de ton ami. Comme si tu l'avais tué puis enterré. C'est vraiment incroyable ce que tu as fait jeune homme. Le plus impressionnant pour moi, est que tu as le courage de te présenter à sa place dans l'université où il est censé être. C'est pitoyable jeune homme, et même très méchant ce que tu as fait. Arrives-tu à mesurer la gravité de la situation? Je n'arrive pas à y croire."

—Je ne voulais pas faire sortir notre secret, entre moi et mon ami, donc j'acceptai tout ce qu'il me dit. Je répondis:" Je sais monsieur, et je regrette ce que j'ai fait. C'est parce que je voulais et je rêvais d'être ici à Paris pour continuer mes études, voilà ce qui m'a poussé à faire ce choix. Maintenant monsieur, que comptez-vous faire?

—Je ne sais pas jeune homme. Si je décide de ne rien dire, et que la vérité sort après, je passerais pour ton complice. Si je le dis, tu seras arrêté. Sauf que tu es un jeune qui s'implique beaucoup. Je t'admirais, mais là, tu m'as déçu. Vraiment déçu.

—Je le sais monsieur, je vous demande pardon pour tous ces mensonges. Vous êtes le seul à le savoir parce que vous vous êtes intéressé à moi. Quant aux autres, ils ne le sauront jamais car ils s'en fichent de ma vie. Donc à vous de décider, monsieur, ce que vous voulez faire."

Monsieur Chollet ne savait plus quoi faire. Il ne me parla plus de cela. Il continua de m'appeler Stéphane comme si de rien n'était. Comme si rien ne s'était passé.

À la veille du bal de fin d'année, Marwane sortit de l'hôpital. On se croisa dans un couloir du campus. Il me dit:"Ignore ma copine demain dans la soirée, sinon tu seras butté. Essaye si tu ne me crois pas, enculé de ta race."

*Entre temps, mon ami Stéphane
m'appela me prévenant, qu'il venait à
Paris pour les vacances. Il serait donc là
le jour de la fête de fin d'année à la fac.*

*Je reçu un message d'Angela qui me
demanda à ce que je sois tout beau pour
la soirée, qu'il fallait que je m'habille en
blanc. Elle avait une surprise pour moi
au lendemain.*

*Comme prévu, je me rendis très beau.
Habillé en blanc, elle aussi. Puis
accompagné dans l'une de ses belles
voitures. C'était l'arrivée du «prince et
de la princesse».*

Marwane était présent durant la soirée, puis il disparut après.

Quelques heures plus-tard, Angela interpella tout le monde après m'avoir dit à l'oreille:"Tiens chéri, c'est l'heure de ta surprise."

Tout le monde avait les yeux braqués sur elle, elle se mit à parler haut et fort:

"Vous voyez ce beau mec?Bah c'est mon chéri, c'est quelqu'un que j'ai aimé dès le premier jour où je l'ai vu. Je ne sais pas pourquoi, mais j'ai eu un coup de foudre dès sa première présentation en cours. Et donc, je lui ai fait part de mes sentiments, il m'a acceptée. On s'est mis en couple comme vous le savez. On s'était promis, juré, fidélité. On continuait notre amour, disons je *continuais mon amour. Je continuais à l'aimer de plus en plus. Chose que vous ne savez pas, ce mec, je le mettais au dessus de tout, je lui remettais tous les mois un chèque pour qu'il puisse subvenir à ses besoins, et qu'il puisse s'occuper de sa famille dans son pays d'origine. Tour cela, je l'ai fait par amour.*

Et devinez ce que ce gros porc, cette merde me donnait en retour. Monsieur profitait juste de moi pendant tout ce temps où je lui faisais confiance.

Grâce à Anna que je remercie d'ailleurs, j'apprends que cet imbécile est fiancé. Il a juste abusé de moi, de ma confiance, de mon amour et de tout ce que je faisais pour lui!

Tu sais quoi Stéphane? Tu n'es qu'un imbécile, un profiteur, un escroc, un malheureux!"

Puis, elle prit le verre rempli de vin rouge, et le déversa sur ma tête. Tous mes vêtements devinrent rouges. Elle finit par dit "va te faire enculer sale merdeux!"

Je m'attendais à toute sorte de surprise, mais pas celle-là. J'étais honteux. Tout le monde se mit à rigoler. Je me cassai de la fête.

À la sortie de l'établissement, Marwane et son groupe m'attendaient. Je pris la fuite en direction de l'hôtel. Il me suivirent. Ils étaient armés.

Je courus, puis j'arrivai à l'hôtel. Je rentrai directement dans les toilettes. C'était au environ de trois heures du matin. La ville était presque vide.

Des toilettes, je reçus un message de mon ami Stéphane:

"Tu es où Ben? Je t'appelle depuis un moment mais je tombe sur ton répondeur. Rappelle moi, je suis presque arrivé à l'hôtel. Je viens juste d'arriver.

—Je lui répondis immédiatement: Ne viens pas maintenant à l'hôtel s'il te plaît. Attends, dès que je finis, je viens te chercher.

Environ dix minutes après avoir envoyé le message. J'entendis un coup de fusil,

*puis des cris: "Va crever enculé! Je
t'avais prévenu!"*

*Je ne savais pas ce qui se passait.
Après qu'ils soient partis, je sortis.
Puis, je vis mon ami allongé au sol. Du
sang autour de lui.*

*Je vérifiai sa respiration. Tout s'est
arrêté. Je pris sa tête, puis je le placai
sur ma poitrine, en pleurs. J'étais
meurtri, mes larmes ne cessaient pas de
couler, je m'en voulais profondément.
Tout était de ma faute.*

*"J'ai tué mon ami! J'ai tué mon ami!
J'ai tué mon ami... Il est mort par ma
faute. Je répétais sans cesse."*

Je fuis pour laisser le corps de peur que la police m'interpelle. Je me rendis chez mon professeur, j'avais du sang partout, il accepta de m'accueillir.

Il était innocent. Il est parti à ma place. Je voulais me suicider, je ne voulais plus vivre. Mais si je me suicide, qui pourra le venger? Qui va venger mon ami? Pour cela, je décidai de rester en vie.

Il y a une chose dont je suis sûr, je vengerai mon ami, quelque soit le prix à payer.

fin, saison 1

11

Annonce saison 2

*T*ellement de choses se sont passées au cours de cette saison, telles que:

La mort de Stéphane (est-il réellement mort?)

La grossesse de Myriam (est ce vraiment l'enfant de «Bénito»?)

Le père de Stéphane, que sera sa réaction lorsqu'il apprendra que son enfant a été tué? Préférera-t-il garder silence pour son image? Ou fera-t-il tout son possible de retrouver le coupable?

La ressemblance physique des deux amis, est-elle une coïncidence?

Le silence de monsieur Chollet, sera-t-il éternel?

Le retour d'Ishem de la prison, l'histoire sera t-elle oubliée? Ou y aura-t-il vengeance?

En parlant de vengeance, comment fera Bénito? Continuera-t-il les études? Prendra t-il définitivement l'identité de son ami? Que sera exactement sa nouvelle vie?

Angela pardonnera-t-elle celui qui faire battre son cœur?

A suivre...

Personnages

Bénito: Le personnage principal

Stéphane: mon meilleur ami

Daouda: l'ami de mon père

Myriam: la femme de Daouda

Marwane: le jeune bandit de la fac

Angela: la copine de Marwane

Théo, Flavien: les amis de Marwane

Killian: l'ami de Bénito à la fac

Ishem: le chef du groupe des bras cassés

Anna, Elodie, Charlotte et Emma: Groupe des filles

Monsieur Chollet: mon professeur de l'université

Sommaire

Avec la participation de:

Monsieur Chollet Romain (mon maître de stage, chez entreprise RC Rénovation à Flers).

Madame Malingre-Pertoldi (mon professeur de français et d'histoire-géographie au lycée professionnel Jean Guéhenno).

Mon ami Flavien, en classe de terminale Melec au lycée Jean Guéhenno Flers. Bonne continuation mon gars pour la suite de tes études.

Mes remerciements

Je tiens à remercier profondément tous ceux qui m'ont aidé en participant, en soutenant et en partageant le projet. Votre implication et votre appui me motivent à continuer à écrire et à partager avec vous mes idées.

Quelle chance de vous avoir à mes côtés!

Merci à vous mes proches, mes amis, à vous qui me donnez espoir à la vie. Merci de votre présence dans ma vie de tous les jours.

Un remerciement particulier à mes référentes de l'aide sociale à l'enfance.

Merci <u>madame Caron</u> d'être toujours là quand j'avais besoin de vous. Je ne cesserais jamais de vous remercier.

Remerciement spécial à ma prof de français <u>madame Malingre-Pertoldi.</u> Merci du fond du cœur madame.

Merci à tous les éducateurs du foyer jeune travailleur de <u>Flers Agglo</u>. Merci pour votre soutien et de votre accompagnement.

Remerciement à vous <u>Jennifer</u> de Ouest-France , merci pour votre présence.

Sans oublier à vous mes amis de <u>Whatsapp</u>. Merci pour la joie que vous me procurez au quotidien. Avec vous, je profite toujours de l'instant présent, même si des fois vous êtes «bêtes» "LOL". Une pensée pour vous de la part de votre "Capiii." Merci mes amis.

Besoin de me contacter ?

Mail: <u>abdoulkanate99@gmail.com</u>

Page Facebook: Abdoul Kanate Auteur

Instagram: abdoul_kanate99

Twitter: @Abdoul07800646

© 2020, Kanate, Abdoul
Edition : Books on Demand,
12/14 rond-Point des Champs-Elysées, 75008 Paris
Impression : BoD - Books on Demand, Norderstedt, Allemagne
ISBN : 9782322238811
Dépôt légal : juillet 2020